D1843883

Single-Küche

Impressum

Alle in diesem Buch enthaltenen Angaben, Rezepte, Ratschläge etc. wurden von den Autoren nach bestem Wissen erstellt und von ihnen und dem Verlag mit größtmöglicher Sorgfalt überprüft. Gleichwohl sind inhaltliche Fehler nicht vollständig auszuschließen. Daher erfolgen die Angaben etc. ohne jegliche Verpflichtung oder Garantie des Verlags oder der Autoren. Eine Haftung der Autoren und des Verlags für Personen-, Sach- und Vermögensschäden ist ausgeschlossen.

© Rebo International b.v., NL-Lisse
© der deutschsprachigen Ausgabe: DÖRFLER VERLAG GmbH, Eggolsheim

Übertragung aus dem Englischen: Eva-Maria Kretschmer

Alle Rechte vorbehalten.
Kein Teil des Werkes darf in irgendeiner Form (durch Fotokopie, Mikrofilm oder ein ähnliches Verfahren) ohne schriftliche Genehmigung des Verlages reproduziert oder unter Verwendung elektronischer Systeme verarbeitet, vervielfältigt oder verbreitet werden.

Im Internet finden Sie unser Verlagsprogramm unter: www.doerfler-verlag.de

Kreativ kochen

Single-Küche

DÖRFLER·VERLAG

Vorwort

Für nur eine Person zu kochen ist mitunter eine Herausforderung. Oft schrecken die Zubereitungszeit und der Kochaufwand davor ab etwas kompliziertere Rezepte zu kochen. Außerdem besteht immer die Gefahr, dass hinterher viel übrig bleibt.

Die in diesem Buch zusammengestellten Rezept bieten die perfekte Lösung. Sie sind nicht nur schnell und einfach zuzubereiten, sondern auch abwechslungsreich, mal ganz schlicht und mal ganz edel – immer aber besonders lecker.

Die Rezepte sind so ausgelegt, dass sie problemlos nachgekocht werden können. Die Zutaten sind eine Mischung aus frischen und fertigen Produkten um die Rezepte praktikabler und weniger zeitaufwändig zu gestalten.

Abkürzungen

Abkürzungen

EL = Esslöffel

TL = Teelöffel

g = Gramm

kg = Kilogramm

ml = Milliliter

l = Liter

°C = Grad Celsius

Zubereitung

Von der oberen Seite der Tomate einen Deckel abschneiden und das Innere mit einem Löffel herauskratzen. Für die Füllung beiseite stellen.

Anchovis, Kapern und Frühlingszwiebel fein hacken und ebenfalls beiseite legen.

Den Käse in einen tiefen Teller geben und mit einer Gabel zerdrücken. Anchovis, Kapern und Frühlingszwiebel sowie das Innere der Tomate hinzugeben und alles miteinander verrühren. Mit Salz und Pfeffer abschmecken.

Das Ganze vorsichtig in die ausgehöhlte Tomate füllen und die abgeschnittene Scheibe wieder darauf legen. Gekühlt auf einem Bett von Salat anrichten.

Tomate mit Käsefüllung

Zutaten

1 große Tomate
2 Anchovis
1 TL Kapern, abgetropft
1 Frühlingszwiebel
30 g Camembert oder Brie (ohne Rinde)
1/2 TL Kümmelsamen
Salz und frisch gemahlener schwarzer Pfeffer
Salat zum Anrichten

Variation

Für eine fettarme Alternative Hüttenkäse für die Füllung verwenden. Statt der Kümmelsamen können auch Sesamkörner oder Mohn verwendet werden.

Tipp

Um die Anchovis etwas zu entsalzen in eine kleine Schüssel oder tiefen Teller geben und mit Milch übergießen. Die Anchovis 5 Minuten darin einweichen, dann abtropfen lassen.

Vorspeisen & Snacks

Zubereitung

Frühlingszwiebel, Kartoffel und das gefrorene Gemüse zusammen mit 1/4 Tasse Wasser, Wein, Salz und Pfeffer in einen Topf geben und zum Kochen bringen. Die Hitze reduzieren und 15 Minuten lang unter gelegentlichem Rühren köcheln lassen bis das Gemüse gar ist.

Währenddessen die Muscheln unter fließend kaltem Wasser gründlich abbürsten, die geöffneten aussortieren und wegwerfen.

In einem Topf Wasser zum Kochen bringen, die Muscheln hineingeben und einige Minuten lang kochen bis sie sich öffnen – noch geschlossene Muscheln aussortieren und entsorgen. Die übrigen Muscheln aus der Schale nehmen und in die Suppe geben, ca. 5 Minuten lang köcheln.

Mit Salz und Pfeffer abschmecken und kurz vor dem Servieren Crème fraîche und Petersilie einrühren.

Zutaten

1 Frühlingszwiebel, in feine Ringe geschnitten
1 kleine Kartoffel, fein gewürfelt
120 g gefrorenes gemischtes Gemüse
4 EL trockener Weißwein
Salz und frisch gemahlener schwarzer Pfeffer
6–8 frische Muscheln (mit Schale)
2 EL Crème fraîche
1 EL frische Petersilie, gehackt

Muschelsuppe

Serviervorschlag
Mit einem frischen Krusten- oder Toastbrot servieren.

Variation
Das gefrorene Gemüse kann auch durch frisches ersetzt werden, das Wasser durch Gemüsebrühe. Anstatt der Petersilie kann auch frisches Basilikum oder Koriander verwendet werden.

Zubereitung

Die Hähnchenschenkel mit Küchenpapier abtupfen, dann mit einem scharfen Messer an verschiedenen Stellen einritzen. Mit der Hälfte des Zitronensaftes beträufeln und in eine flache Form geben.

In einer kleinen Schüssel die restlichen Zutaten miteinander verrühren und über die Hähnchenschenkel geben. Abdecken und über Nacht zum Marinieren in den Kühlschrank stellen.

Das marinierte Fleisch in eine Backform geben und im vorgeheizten Ofen bei 200 °C ca. 20 Minuten lang backen. Nach der Hälfte der Zeit umdrehen.

Die Hähnchenschenkel herausnehmen, mit Öl bestreichen und in einer Pfanne etwa 10 Minuten lang von allen Seiten goldbraun braten. Heiß oder kalt mit den Zitronenscheiben garniert servieren.

Zutaten

2 Hähnchenschenkel
Saft von 1/2 Zitrone
1 große Knoblauchzehe, gepresst
1 kleines Stück Ingwer, geschält und gerieben
1 großzügige Prise Kreuzkümmel, gemahlen
1 TL Paprikapulver
1 TL gemahlener Koriander
3 EL Naturjoghurt
1 Prise Cayennepfeffer oder Chilipulver
Zitronenscheiben zum Garnieren

Marinierte Hähnchenschenkel

Serviervorschlag

Die Hähnchenschenkel mit einem gemischten grünen Salat und krossem Weißbrot servieren.

Tipp

Um das Gericht schärfer zu machen mehr Cayennepfeffer in die Marinade geben. Vor dem Servieren sicher stellen, dass das Fleisch komplett durchgegart ist.

Zubereitung

Das Öl in einer Pfanne erhitzen, den Speck hineingeben und unter häufigem Rühren anbraten bis er gebräunt ist. Das gekochte Gemüse hinzugeben und vermengen. Den Teig auf leicht bemehltem Untergrund ausrollen und mit einem gezackten Teigroller Kreise von ca. 10 cm Durchmesser ausschneiden.

Mit einem Löffel etwas vom Gemüse-Speck-Gemisch in die Mitte der Teigkreise geben. Die Ränder des Teiges mit etwas Wasser befeuchten, dann zuklappen und leicht zusammenpressen um die Ränder miteinander zu verschließen. Mit Eigelb oder Milch einstreichen und auf ein mit Backpapier belegtes Backblech geben.

Im Ofen bei 200 °C etwa 20 Minuten backen bis der Teig aufgegangen und die Pasteten außen goldbraun sind; sie können warm oder kalt verzehrt werden.

Zutaten

1 TL Öl

1 Scheibe Speck, gewürfelt

120 g gekochte Gemüsemischung, z.B. Weißkohl, Erbsen, Sojasprossen, Mais, Bohnen oder Kartoffeln

100 g Blätterteig

Verquirltes Eigelb oder Milch zum Bestreichen der Pasteten

Gemüse-Speck-Pasteten

Variation

Der rohe Speck kann durch geräucherten Speck oder gekochtes Hähnchenfleisch ersetzt werden. Die Füllung kann auch mit frischen Kräutern, wie z.B. Koriander oder Schnittlauch, verfeinert werden.

Tipp

Für eine vegetarische Variante den Speck weglassen und durch etwas geriebenen Käse, wie z.B. Cheddar, ersetzen.

Zubereitung

Den Kabeljaurogen abziehen und die Haut entsorgen. Das Brot in warmem Wasser etwa 10 Minuten lang einweichen. Anschließend abschütten und das Brot wie einen Schwamm pressen um das Wasser daraus zu entfernen. Das Brot in die Schüssel zum Kabeljaurogen geben, Zitronensaft darüber träufeln und verrühren.

Das Brot-Kabeljau-Gemisch zusammen mit der Zwiebel in einen Mixer geben und pürieren. Danach wieder zurück in die Schüssel füllen und nach und nach das Öl mit einem Schneebesen unterrühren. Zwischen den Ölzugaben kräftig mit dem Schneebesen durchschlagen. Schließlich mit Salz und Pfeffer abschmecken, die Schüssel abdecken und mindestens 30 Minuten lang kalt stellen, bis alles komplett durchgekühlt ist.

Zum Servieren die Taramasalata mit schwarzen Oliven und gehackter Petersilie bestreuen.

Taramasalata

Zutaten

30 g geräucherter Kabeljau- oder Dorschrogen
2 Scheiben Weißbrot, ohne Rinde
2 TL Zitronensaft
1/2 kleine Zwiebel, fein gehackt
2 EL Olivenöl
Salz und Pfeffer
schwarze Oliven zum Garnieren
frische Petersilie, gehackt, zum Garnieren

Tipp

Das Taramasalata kann gut im Voraus zubereitet und im Kühlschrank aufbewahrt werden. Vor dem Servieren etwa 20 Minuten bei Raumtemperatur stehen lassen.

Serviervorschlag

Mit warmem Pitabrot oder Toast servieren. Zum Dippen das Brot in schmale Streifen schneiden.

Zubereitung

Das Öl in eine Pfanne geben und darin Zwiebel und Knoblauch ca. 3 Minuten lang anschwitzen. Die Tomate, Brühe, Zucker und Safran hinzugeben und gut verrühren. Das Ganze zum Kochen bringen, dann die Hitze reduzieren, die Pfanne abdecken und alles köcheln lassen.

Währenddessen die Muscheln putzen und unter fließend kaltem Wasser gründlich waschen, offene Muscheln aussortieren. Dann in einen Topf geben und kochen bis sie sich öffnen. Geschlossene Muscheln entsorgen.

Anschließend die Muscheln und den Fisch zu der Suppe geben, nochmals aufkochen und für weitere 5 Minuten ziehen lassen bis der Fisch gar ist. Mit etwas Petersilie garnieren und heiß servieren.

Fischsuppe

Zutaten

1 TL Olivenöl
1 kleine Zwiebel, fein gehackt
1 Knoblauchzehe, fein gehackt
1 Tomate, gehäutet und fein gewürfelt
3/4 Tasse Gemüse- oder Fischbrühe
1 Prise Zucker
1 Prise Safran
4–6 frische Miesmuscheln
150 g frisches Fischfilet (ohne Haut), gewürfelt, z.B. Kabeljau oder Lachs
frische glatte Petersilienblätter zum Garnieren

Serviervorschlag

Zusammen mit Knoblauch- oder Kräutercroutons servieren.

Variation

Statt der Tomate kann auch eine Zucchini, fein gewürfelt, verwendet werden oder beides.

Zubereitung

Für den Teig Mehl und Salz in einer Schüssel mischen. Die Butter hinzugeben und alles zu einem bröseligen Teig verkneten. Anschließend mit so viel Wasser angießen und verkneten, dass er eine geschmeidige, aber nicht flüssige Konsistenz annimmt. Die Schüssel abdecken und für etwa 30 Minuten in den Kühlschrank stellen.

Währenddessen den Speck, Frühlingszwiebeln, Wein, Salz und Pfeffer in einen Topf geben und leise unter gelegentlichem Rühren ca. 20 Minuten lang köcheln lassen.

Den Teig ungefähr in Größe der Quicheform auf einem bemehlten Untergrund ausrollen, dann in die gebutterte Form legen und falls nötig mit den Finger noch etwas flach pressen, damit der Boden komplett bedeckt ist. Mit einem Pinsel das verquirlte Eigelb über den Teig streichen und den Zwiebel-Speck-Mix hineingeben.

In einer Schüssel das Ei schlagen und mit der Milch, Sahne und etwas Pfeffer verrühren. Das Gemisch gleichmäßig über der Zwiebelschicht verteilen, dann in den Ofen geben und bei 190 °C 20–30 Minuten lang backen bis die Quiche gut gebräunt ist. Heiß oder kalt servieren und zur Garnierung mit frischen Kräutern bestreuen.

Zutaten

50 g Mehl
Salz
2 EL weiche Butter
1 Scheibe Speck, fein gewürfelt
50 g Frühlingszwiebeln, fein gehackt
2 TL trockener Weißwein
frisch gemahlener schwarzer Pfeffer
1 Eigelb, geschlagen
1 kleines Ei
1/4 Tasse Milch
1/4 Tasse Sahne
frische Kräuter zum Garnieren

Quiche Lorraine

Serviervorschlag
Mit frischem grünen Salat oder Tomaten-Paprika-Salat servieren.

Zubereitung

Den Orangensaft und die Orangenzesten zusammen mit den Pfefferkörnern, Wein, Salz und Pfeffer in einen kleinen Topf geben und kurz aufkochen bis der Alkohol aus dem Wein verdampft ist.

Die Shrimps hineingeben und ein paar Minuten mitkochen bis sie heiß sind, dann vom Herd nehmen und die Crème fraîche einrühren. Mit Salz und Pfeffer abschmecken und den Shrimps-Cocktail auf dem Teller anrichten. Mit Orangenscheiben garnieren.

Shrimps-Cocktail

Zutaten

Saft von 1/2 Orange
Zesten von 1/2 Orange
1 TL eingelegte grüne Pfefferkörner, abgetropft
2 EL trockener Weißwein
Salz und weißer Pfeffer aus der Mühle
150–180 g gekochte Shrimps
3 EL Crème fraîche
frische Orangenscheiben, ohne Schale

Tipp

Der Shrimps-Cocktail kann sowohl warm als auch kalt serviert werden. Bei letzterem die Wein-Orangensaftmischung mit den Shrimps abkühlen lassen bevor die Crème fraîche eingerührt wird.

Zubereitung

Die Suppe in einen kleinen Topf geben, die Sahne einrühren und zum Kochen bringen.

Anschließend den Dill und die Garnelen hineingeben und alles köcheln lassen bis die Garnelen heiß sind und die Flüssigkeit etwas reduziert ist.

Den Cognac einrühren, kurz aufkochen lassen, dann in eine vorgewärmte Suppentasse geben, mit frischem Dill bestreuen und sofort servieren.

Zutaten

1 Dose Hummersuppe (ca. 250 g)
1/2 Becher Sahne
2 TL frischer Dill, gehackt
100 g Garnelen (vorgekocht)
1 Schuss Cognac
frischer Dill zum Garnieren

Hummersuppe mit Garnelen

Variation
Anstelle der Garnelen können auch andere Meeresfrüchte, wie z.B. Shrimps, oder Krabbenfleisch verwendet werden. Der Dill kann durch Petersilie oder Koriander ersetzt werden.

Zubereitung

In einer Pfanne das Sonnenblumenöl erhitzen und den Tintenfisch darin unter ständigem Rühren anbraten bis er durch ist. Vom Herd nehmen, in eine Schüssel geben und zum Abkühlen beiseite stellen.

Für das Salatdressing das Olivenöl, Knoblauch, Zitronensaft, Senf, Salz und Pfeffer in einen Mixbecher geben und schütteln bis alles gut vermischt ist. Danach über dem Tintenfisch verteilen und gut untermengen. Zum Marinieren beiseite stellen.

Währenddessen die Tomate mit kochendem Wasser übergießen, mit kaltem Wasser abschrecken und die Haut abziehen, dann in Viertel schneiden. Die Zwiebel schälen und in dünne Ringe schneiden.

Tomatenstücke und Zwiebelringe ebenfalls in die Schüssel geben und unterrühren. Mit Oliven, einem Zweig frischer Petersilie und einer Zitronenscheibe garnieren.

Zutaten

2 TL Sonnenblumenöl
100 g frischer Tintenfisch (ausgenommen), die Tuben in
Ringe geschnitten, die Tentakeln im Ganzen abgetrennt
2 EL Olivenöl
1 kleine Knoblauchzehe, gepresst
Saft von 1/2 Zitrone
1/2 TL Senf
Salz und frisch gemahlener schwarzer Pfeffer
1 Tomate
1/2 kleine rote Zwiebel
4–6 schwarze oder grüne Oliven
glatte Petersilie zum Garnieren
1 Zitronenscheibe zum Garnieren

Tintenfischsalat

Serviervorschlag

Besonders gut passt ein Ciabatta oder Focaccia dazu, z.B. mit eingebackenen Oliven oder getrockneten Tomaten.

Variation

Der Salat kann auf diese Weise auch sehr gut mit Garnelen zubereitet werden. Je nach Geschmack kann man den Knoblauch im Dressing durch geriebenen Ingwer ersetzen.

Zubereitung

Die Gurke schälen und in kleine Würfel schneiden. Die Tomate waschen und ebenfalls fein würfeln. Die Frühlingszwiebeln hacken und alles in eine Schüssel geben und beiseite stellen.

In einer kleinen Schüssel Zitronensaft, Öl, Koriander, Salz und Pfeffer miteinander verrühren und beiseite stellen.

Direkt vor dem Servieren die Erdnüsse in den Salat geben und das Dressing darüber verteilen.

Tomaten-Gurkensalat mit Erdnüssen

Zutaten

1/2 Gurke
1 Tomate
2 Frühlingszwiebeln, grob gehackt
1 TL Zitronensaft
1 TL Olivenöl
1 TL frischer Koriander, gehackt
Salz und frisch gemahlener Pfeffer
20 g gesalzene Erdnüsse, grob gehackt

Serviervorschlag

Der Salat passt zu gebratenem oder gegrilltem Fleisch, Fisch oder als vegetarische Variante zu gegrilltem Gemüse.

Variation

Der Koriander kann auch durch Petersilie oder Estragon ersetzt werden.

Zubereitung

Die Karotte grob reiben, den Chinakohl in dünne Streifen schneiden und beides beiseite stellen.

Die Zutaten für das Dressing in einer kleinen Schüssel gründlich miteinander verrühren.

Die Birne waschen, vierteln, das Kerngehäuse entfernen und bis auf ein paar Scheiben zum Garnieren in dünne Streifen schneiden.

Die Birnenstreifen, geriebene Karotte, Chinakohl und Putenbraten in eine Schüssel geben. Das vorbereitete Dressing darüber verteilen und gut untermengen. Mit den restlichen Birnenscheiben garnieren und sofort servieren.

Zutaten

1 Karotte
3 Blätter Chinakohl
1 reife Birne
1 große Scheibe kalter Putenbraten, in schmale Streifen geschnitten

Dressing

Saft von 1/2 Zitrone
1/2 TL Honig
1 Prise Cayennepfeffer
1 TL Sojasoße
5 TL Sojaöl

Birnen-Karottensalat mit Pute

Serviervorschlag
Zusammen mit warmem Pitabrot oder gebackenen Kartoffeln servieren.

Variation
Anstelle der Karotte kann man auch eine Zucchini verwenden, anstatt der Birne einen Apfel oder Pfirsich. Je nach Geschmack kann das Dressing mit Walnuss- oder Haselnussöl zubereitet werden.

Zubereitung

Den Weißkohl hobeln und in kochendem Wasser kurz blanchieren bis er etwas weicher wird, dann in eine Schüssel geben. Die ganzen übrigen Zutaten bis auf die frischen Kräuter hinzugeben und gründlich miteinander vermengen. Die Schüssel abdecken und vor dem Servieren ca. 1 Stunde lang kalt stellen.

Mit den frischen Kräutern garniert servieren.

Weißkohl-Minzesalat

Zutaten

150 g Weißkohl
1 Frühlingszwiebel, fein gehackt
1/2 frische grüne Chilischote, fein gehackt
1 EL Naturjoghurt
1 EL frische Minze, fein gehackt
frische Kräuter zum Garnieren, z.B. Petersilie, Schnittlauch oder Minzeblätter

Variation

Um den Salat zu variieren kann der Weißkohl durch Rotkohl ersetzt werden oder anstelle des Naturjoghurts kann Mayonnaise verwendet werden.

Serviervorschlag

Mit Naanbrot oder als Beilage zu Fleisch oder Hähnchencurry servieren.

Zubereitung

Radieschen, Zwiebel und Tomate in dünne Scheiben schneiden. Das Gemüse ansprechend auf dem Teller arrangieren.

Öl, Zitronensaft, Salz und Pfeffer in einen Mixbecher geben und kräftig schütteln, dann über dem Gemüse verteilen. Mit gehackter Petersilie bestreuen und etwas kalt stellen vor dem Servieren.

Zutaten

1 Bund Radieschen
1/2 kleine Zwiebel
1 Tomate
2 TL Olivenöl
2 TL Zitronensaft
Salz und frisch gemahlener schwarzer Pfeffer
1 TL frische Petersilie, gehackt

Radieschensalat

Serviervorschlag
Der Radieschensalat ist eine gute Beilage für eine Quiche, einen Auflauf oder mit Käse überbackene Kartoffeln.

Zubereitung

Die Tomate in dünne Scheiben schneiden und in eine Backform legen. Den Fisch waschen, mit Küchenpapier trocken tupfen und auf die Tomatenscheiben legen. Mit Salz und Pfeffer würzen und mit abgeriebener Zitronenschale bestreuen. Die Form abdecken und im vorgeheizten Ofen bei 200 °C etwa 15 Minuten lang backen bis der Fisch gar ist.

Die Butter auf den heißen Fisch geben, mit Thymian bestreuen und Zitronensaft darüber träufeln. Mit einer Zitronenscheibe und Thymianzweiglein garniert servieren.

Zutaten

1 große Tomate
180 g Kabeljaufilet
Salz und frisch gemahlener schwarzer Pfeffer
abgeriebene Schale von 1/2 Zitrone
1 EL Butter
1/2 TL frische Thymianblätter
1/2 TL Zitronensaft
1 Zitronenscheibe
Thymianzweiglein zum Garnieren

Kabeljau auf einem Tomatenbett

Serviervorschlag
Als Beilage zum Kabeljau eignen sich hervorragend im Ofen gebackene Kartoffeln oder Reis.

Variation
Anstelle eines Kabeljaufilets kann natürlich auch ein Lachs- oder Schellfischfilet verwendet werden. Der Thymian kann durch Salbei ersetzt werden.

Zubereitung

Die Seezungenfilets einrollen und auf einen Schaschlikspieß stecken. In eine flache Form legen. Öl, Knoblauch, Zitronensaft und -schale, Salz, Pfeffer und Tabasco in einer kleinen Schüssel vermischen, dann mit einem Löffel über dem Fisch verteilen. Die Form abdecken und mindestens 2 Stunden lang kalt stellen.

Danach die Schaschlikspieße entfernen und die marinierten Fischröllchen abwechselnd mit Paprikastücken oder Zucchinischeiben auf einen Grillspieß stecken. Den Spieß mit etwas von der Marinade bestreichen, dann in eine ofengeeignete Pfanne legen und unter dem Grill ca. 10 Minuten grillen. Währenddessen hin und wieder wenden und gelegentlich mit der Marinade bestreichen.

Mit gehackter Petersilie bestreuen und mit einer Zitronenscheibe garniert servieren.

Fisch-Zucchini-Kebabs mit Zitronenmarinade

Zutaten

4 schmale, dünne Seezungenfilets (ohne Haut)
1 EL Olivenöl
1/4 TL Knoblauch, gepresst
2 TL Zitronensaft
1/4 TL Zitronenschale, fein gerieben
Meersalz und frisch gemahlener schwarzer Pfeffer
1 Tropfen Tabascosoße
3 Scheiben Zucchini
2 Stücke grüne Paprika
1 Zitronenscheibe
frische Petersilie, gehackt

Serviervorschlag

Den Kebab auf einem Bett von braunem Reis servieren und einen frischen grünen Salat dazu reichen.

Tipp

Die Marinade kann man auch mit vielen anderen Fischsorten kombinieren, z.B. Lachs, Kabeljau oder Thunfisch.

Zubereitung

Die Spaghetti in einem breiten Topf in leicht gesalzenem, kochendem Wasser ca. 8–10 Minuten lang bissfest kochen. Dann die Spaghetti abgießen und im Topf mit Muscheln, Lachs und dem Seetang vermengen.

Eine Auflaufform buttern und die Nudeln mit den Meeresfrüchten hineingeben. Mit Petersilie bestreuen, Zitronensaft darüber geben.

In einer kleinen Schüssel die Sahne mit dem Ei leicht schaumig schlagen und mit Salz und Pfeffer würzen, dann über den Nudel-Meeresfrüchte-Mix geben.

Den Käse mit den Semmelbröseln mischen, ebenfalls über den Nudeln verteilen und bei 180 °C etwa 30 Minuten lang backen bis der Fisch gar ist. Anschließend unter den Grill stellen und den Käse bräunen lassen. Mit frischer Petersilie garnieren und heiß servieren.

Gebackene Pasta mit Meeresfrüchten

Zutaten

100 g Spaghetti
80 g gekochte Muscheln (ohne Schale)
80 g Lachsfilet, in Stücke geschnitten
15 g getrockneter Seetang, eingeweicht und gekocht
1 EL Butter
1 EL frische Petersilie, gehackt
1 EL Zitronensaft
3/4 Becher Sahne
1 Ei
Salz und schwarzer Pfeffer
1 EL Gouda, gerieben
2 EL Semmelbrösel
frische glatte Petersilie zum Garnieren

Tipp

Getrockneter Seetang ist in Reformläden oder asiatischen Lebensmittelläden erhältlich. Den Seetang etwa 10 Minuten lang einweichen, dann in Wasser 10 Minuten lang kochen.

Zubereitung

Die Shrimps in kleine Stücke schneiden und zusammen mit dem Sellerie, Frühlingszwiebel und Fischsoße zu den geschlagenen Eiern geben. Mit Salz und Pfeffer würzen und alles gut vermengen.

In eine beschichtete Pfanne geben und unter Rühren langsam garen. Wenn das Shrimp-Ei-Gemisch gar ist, mit frischen Kräutern garnieren und sofort servieren.

Rührei mit Shrimps

Zutaten

2 EL eingelegte Shrimps, abgetropft
1/4 Stangensellerie, fein gehackt
1 Frühlingszwiebel, gehackt
1/4 TL Fischsoße
2 Eier, schaumig geschlagen
Salz und frisch gemahlener schwarzer Pfeffer
frische Kräuter zum Garnieren, z.B. Petersilie, Dill, Schnittlauch

Tipp

Fischsoße ist erhältlich in asiatischen oder orientalischen Lebensmittelläden. Sie ist sehr salzig, also sollte nur zusätzlich mit Salz gewürzt werden, wenn es nötig erscheint.

Serviervorschlag

Das Rührei kann zusätzlich mit Curry gewürzt werden.

Reis als Beilage dazu reichen.

Zubereitung

In einer Pfanne 1 EL Öl erhitzen und die Frühlingszwiebeln darin ca. 5 Minuten lang anschwitzen. Die Hirse hinzugeben und ebenfalls kurz anschwitzen, dann mit Brühe aufgießen und mit Salz und Pfeffer abschmecken. Die Pfanne abdecken und unter gelegentlichem Rühren für 20 Minuten köcheln lassen bis die Hirse gar ist.

Währenddessen den Fisch 15–20 Minuten lang dämpfen bis er komplett durch ist.

Das restliche Öl in einer anderen Pfanne erhitzen und den Knoblauch, Paprika und Zucchini darin 5 Minuten lang anbraten. Anschließend zusammen mit den Kräutern zur Hirse geben und gut vermengen.

Die Hirse auf dem Teller anrichten und mit Käse bestreuen. Den Fisch ebenfalls auf den Teller geben und mit roten Paprika- und Zucchinistreifen, sowie einer Limettenscheibe garnieren.

Zutaten

2 EL Olivenöl
1 Frühlingszwiebel, fein gehackt
40 g Hirse
1/2 Tasse Gemüsebrühe
Salz und frisch gemahlener schwarzer Pfeffer
150 g Schellfischfilet
1 Knoblauchzehe, gepresst
1/2 rote oder grüne Paprika, von den Kernen befreit
und bis auf ein paar Streifen fein gehackt
40 g Zucchini, bis auf ein paar Streifen fein gehackt
1 EL glatte Petersilie, fein gehackt
1 TL Liebstöckel, fein gehackt (optional)
1 EL Parmesan, gerieben
1 Limettenscheibe zum Garnieren

Seezunge mit Hirsegemüse

Serviervorschlag

Knoblauch- oder Kräuterbaguette dazureichen.

Variation

Anstelle der Hirse kann auch Reis verwendet werden (nach der Packungsanleitung zubereiten). Die Zucchini kann z.B. durch Pilze ersetzt werden, die Petersilie durch Koriander.

Zubereitung

Das Öl in einer großen Pfanne erhitzen und darin die Zwiebel goldbraun anbraten. Den Zimt sowie das Lorbeerblatt, Ingwer und Knoblauch hinzugeben und 1 Minuten lang unter Rühren anschwitzen. Das Chilipulver und die gemahlenen Gewürze ebenfalls hineingeben und 1 Minute kochen, dann entweder Joghurt oder die Dosentomaten, die gehackte Chilischote und den frischen Koriander einrühren. Falls Joghurt verwendet wurde, dann zusätzlich 3 EL Wasser hinzugeben und 2–3 Minuten lang köcheln lassen.

Den Kabeljau in die Soße geben, mit Salz würzen, die Pfanne abdecken und das Ganze 15–18 Minuten lang köcheln lassen bis der Fisch gar ist. Sofort servieren.

Zutaten

1 EL Öl
1 kleine Zwiebel, gehackt
1 cm Zimtstange
1 Lorbeerblatt
1/4 TL Ingwer, gerieben
1 Knoblauchzehe, gepresst
1/4 TL Chilipulver
1 TL gemahlener Kreuzkümmel
1 TL gemahlener Koriander
1 TL Kurkuma
3 EL Naturjoghurt oder 50 g Dosentomaten, gewürfelt
1 kleine frische grüne Chilischote, fein gehackt
1 Zweig frischer Koriander, gehackt
100 g Kabeljaufilet, in mundgerechte Stücke geschnitten
Salz

Kabeljaucurry

Serviervorschlag

Zusammen mit Reis servieren.

Variation

Der Kabeljau kann durch z.B. Schellfisch ersetzt werden, die Zwiebel durch eine kleine Lauchstange. Anstelle des Joghurts kann Kokosnussmilch verwendet werden.

Zubereitung

Die Ananas in Stücke schneiden, dann zusammen mit der Kokosnussmilch in eine Pfanne geben. Currypaste einrühren und mit Salz und etwas Zucker abschmecken. Die Garnelen hineingeben und das Ganze 5–10 Minuten zusammen erhitzen. Falls nötig nochmals abschmecken, mit frischen Kräutern garnieren und servieren.

Zutaten

100 g frische Ananas, geschält
1 Tasse Kokosnussmilch
1 TL rote Currypaste
Salz
1/2 TL Zucker
6 gekochte Garnelen (ohne Schale)
frische Kräuter zum Garnieren

Shrimps-Ananas-Curry

Variation

Anstatt der Ananas kann auch Mango verwendet werden.

Tipp

Zusätzlich zu den Kräutern kann das Curry zum Garnieren mit Kokosflocken bestreut werden. Rote Currypaste ist in orientalischen oder indischen Lebensmittelläden erhältlich.

Zubereitung

In einer großen Pfanne die Butter schmelzen und die Zwiebel darin glasig dünsten. Die Haferflocken, Semmelbrösel, Kräuter, Salz und Pfeffer zu den Zwiebeln geben. Alles gut zu einer Füllung vermengen und eventuell etwas Wasser hinzugeben, falls das Ganze zu trocken ist.

Den Fisch mit dem Gemisch füllen und in eine gebutterte Alufolie wickeln. Dann auf ein Backblech legen und bei 180 °C ca. 30 Minuten lang backen bis der Fisch gar ist.

Zusammen mit Brunnenkresse und Zitronenscheiben servieren.

Gebackene gefüllte Makrele

Zutaten

1 EL Butter
2 TL Zwiebel, fein gehackt
2 EL Haferflocken
1 TL Semmelbrösel
1/2 TL frischer Zitronenthymian, gehackt
1/2 TL frische Petersilie, gehackt
Meersalz und frisch gemahlener schwarzer Pfeffer
1 Makrele oder Forelle
Brunnenkresse zum Garnieren
Zitronenscheiben zum Garnieren

Serviervorschlag

Als Beilagen Erbsengemüse und Frühlingskartoffeln oder Kartoffelpüree reichen.

Variation

Besonders schmackhaft ist dieses Gericht, wenn ein Teil oder die ganzen Haferflocken durch gemahlene Nüsse oder Mandeln ersetzt werden.

Zubereitung

Die Butter in einen kleinen Topf geben und die Zwiebel darin glasig dünsten.

Währenddessen mit einem scharfen Messer eine Tasche ins Fleisch schneiden, die groß genug für die Banane ist. Dann die Banane in die Tasche stecken, das Fleisch mit Salz und Pfeffer würzen und in eine Backform geben. Die Zwiebeln mit einem Löffel darüber verteilen.

Den Apfel schälen, das Kerngehäuse entfernen und das Fruchtfleisch in Stücke schneiden. Ebenfalls über das Fleisch geben, dann die Backform abdecken und bei 180 °C in den vorgeheizten Ofen geben. Je nach Dicke des Fleisches 15 Minuten lang backen.

In dieser Zeit in einer kleinen Schüssel die Erdnussbutter mit der Crème fraîche verrühren und mit Salz und Pfeffer etwas abschmecken. Über das Fleisch geben, mit den Mandeln bestreuen und ungefähr weitere 15 Minuten backen bis das Fleisch gar, aber nicht trocken ist. Sofort servieren.

Zutaten

1 TL Butter
1 kleine Zwiebel, in Stücke geschnitten
150 g Schweinefilet
1/2 kleine Banane
Salz und frisch gemahlener schwarzer Pfeffer
1 Apfel
2 TL Erdnussbutter
1–2 EL Crème fraîche
1 TL gehobelte Mandeln

Mit Banane gefülltes Schweinefilet

Serviervorschlag

Als Beilage wilden Langkornreis und frisches gekochtes Gemüse, wie z.B. Brokkoli oder Blumenkohl, dazu reichen.

Variation

Dieses Gericht kann auch gut mit Rindfleisch zubereitet werden. Die Mandeln können durch Haselnüsse ersetzt werden.

Zubereitung

Die Kalbsschnitzel flach klopfen, eine Seite mit Salz und Pfeffer würzen und auf die andere Seite den Käse und den Schinken legen. Die Schnitzel zusammenklappen und leicht zusammenpressen. Das Cordon bleu zuerst in Mehl, dann Ei und Semmelbröseln wenden.

In einer Bratpfanne das Öl und die Butter erhitzen, das Cordon bleu hineingeben und ca. 3 Minuten lang von jeder Seite braten bis die Panade goldbraun und das Fleisch gar ist.

Mit einer Zitronenscheibe und frischen Kräutern garnieren und sofort servieren.

Zutaten

1 Kalbsschnitzel (ca. 150 g)
Salz und frisch gemahlener schwarzer Pfeffer
1 Scheibe Käse, z.B. Cheddar oder Gruyère
1 Scheibe gekochter Schinken
1 EL Mehl
1 Ei, leicht geschlagen
1 EL Semmelbrösel
1 EL Öl
1 EL Butter
1 Zitronenscheibe
frische Kräuter zum Garnieren

Cordon bleu vom Kalb

Serviervorschlag
Als Beilage Frühlingskartoffeln und ein Gemüse aus Karotten und Stangensellerie reichen.

Variation
Natürlich können auch andere Fleischsorten, wie z.B. Schweinefleisch oder Pute verwendet werden. Der gekochte Schinken kann durch geräucherten Schinken ersetzt werden.

Zubereitung

Die Nudeln in leicht gesalzenem Wasser bissfest gar kochen. Abgießen und zum Abtropfen beiseite stellen lassen.

In einer Pfanne das Öl erhitzen und darin die Zwiebel, den in Streifen geschnittenen Schinken, Basilikum und Tomaten unter gelegentlichem Rühren 15–20 Minuten anbraten. Mit Salz und Pfeffer abschmecken.

Währenddessen in einem Topf die Butter schmelzen und die Pasta darin anschwitzen. Die Soße hineingeben, unterrühren und zusammen erhitzen. Auf dem Teller anrichten, mit dem Parmesan bestreuen und mit Basilikum garnieren.

Pasta mit Schinken-Gemüsesoße

Zutaten

100 g Nudeln
1 TL Olivenöl
1/2 kleine Zwiebel, in Stücke geschnitten
1 Scheibe roher Schinken
3 frische Basilikumblätter, gehackt
2 EL Tomaten, fein gehackt
Salz und frisch gemahlener schwarzer Pfeffer
1 EL Butter
1 EL geriebener Parmesan
frische Basilikumblätter zum Garnieren

Variation

Anstelle des rohen Schinkens kann auch geräucherter oder gekochter Schinken verwendet werden. Außerdem kann die Soße zusätzlich noch mit Thymian gewürzt werden.

Zubereitung

Den Knochen vom Fleisch abtrennen und entsorgen, das Fleisch in mundgerechte Stücke schneiden. In einer Pfanne das Öl erhitzen, die Lammstücke hineingeben und etwa 3 Minuten von jeder Seite anbraten bis das Fleisch gar und gut gebräunt ist. Mit Salz und Pfeffer würzen, dann auf einen Teller geben, abdecken und warm stellen.

Zum Fleischsaft in der Pfanne den Rotwein, Brühe und 1 Tomate geben und etwa 10 Minuten lang erhitzen. Vom Herd nehmen und mit einem Pürierstab pürieren oder durch ein Sieb passieren. Die Soße in die Pfanne gießen, die zweite Tomate hineingeben und langsam erhitzen. Die kalte Butter einrühren und mit Salz und Pfeffer abschmecken.

Das heiße Lamm auf dem Teller anrichten, die Soße darüber gießen und mit frischen Kräutern garnieren.

Zutaten

180 g Lammkoteletts mit Knochen
1 TL Olivenöl
Salz und frisch gemahlener schwarzer Pfeffer
1 EL Rotwein
1 EL Rinderbrühe
2 kleine Tomaten, gehäutet und in Stücke geschnitten
1 TL kalte Butter
frische Kräuter zum Garnieren

Lammkoteletts

Serviervorschlag
Salzkartoffeln und grüne Bohnen als Beilage dazu reichen.

Variation
Anstelle des Lammfleisches können auch andere Fleischsorten, wie z.B. Rindfleisch oder Schweinefleisch verwendet werden. Der Rotwein kann durch Sherry oder Weißwein ersetzt werden.

Zubereitung

In einem Topf die Butter schmelzen und darin die Zwiebeln glasig dünsten. Die Tomate in Stücke schneiden, zu den Zwiebeln geben und mit Salz, Pfeffer, Zucker und Oregano würzen.

Die Putenbrustscheiben von beiden Seiten salzen und pfeffern, dann den gekochten Schinken und die Speckstreifen darauf legen und zu einer Roulade zusammenrollen. Mit einem Zahnstocher verschließen, damit sich die Rouladen nicht wieder entrollen.

In einer Pfanne etwas Öl erhitzen und die Rouladen darin anbraten. Anschließend in den Topf mit den Tomaten geben und erhitzen bis das Fleisch gar ist. Dann den Schafskäse darüber streuen und 2–3 Minuten lang warm werden lassen. Auf den Teller geben und mit Petersilie garnieren.

Zutaten

1 TL Butter
1 kleine Zwiebel, fein gehackt
1 Tomate, gehäutet
Salz und frisch gemahlener Pfeffer
1 kleine Prise Zucker
frisches Oregano, fein gehackt
1 Putenbrust (ca. 150 g), in dünne Scheiben geschnitten
1 Scheibe gekochter Schinken
1 Scheibe Speck, in Streifen geschnitten
1 EL Öl
30 g Schafskäse, in Würfel geschnitten
glatte Petersilienblätter zum Garnieren

Putenrouladen mit Tomaten-Schafskäse-Gemüse

Serviervorschlag

Reis oder Couscous als Beilage dazu reichen.

Variation

Die Soße kann zusätzlich auch noch mit Estragon gewürzt werden. Anstelle des Putenfleisches eignet sich auch Hähnchen sehr gut für dieses Gericht.

Zubereitung

In einer Schüssel das Rinderhackfleisch mit dem Ei, Salz und Pfeffer vermengen. In 2 oder 4 Portionen aufteilen und Bällchen daraus formen, dann etwas flach drücken. Mit etwas Öl bestreichen und in einer Pfanne ca. 5–7 Minuten von jeder Seite anbraten bis die Hackbällchen durch und gut gebräunt sind.

Währenddessen die Zwiebel in 1 TL Öl glasig dünsten, dann das Mehl einrühren und unter ständigem Rühren 1 Minute lang anschwitzen. Anschließend nach und nach 6–8 EL des Ananassaftes einrühren. Die Sojasoße und den Weißweinessig hinzugeben, mit Salz und Pfeffer abschmecken.

In die Soße die Ananasstücke, Paprika und gehobelten Mandeln geben und zum Kochen bringen. Die Hackbällchen hineinlegen, die Hitze reduzieren und 10–15 Minuten leise köcheln lassen.

Die Hackbällchen mit der Soße in einem Ring aus Reis servieren.

Hackbällchen in Ananas-Paprikasoße

Zutaten

100 g Rinderhackfleisch
1 Ei
Meersalz und frisch gemahlener schwarzer Pfeffer
Sonnenblumenöl
1 kleine Frühlingszwiebel, gehackt
1 TL Mehl
6–8 EL Ananassaft
1 TL Sojasoße
1 Schuss Weißweinessig
100 g Ananasstücke aus der Dose
1/2 grüne Paprika, von den Kernen befreit und in kleine Stücke geschnitten
1 TL gehobelte Mandeln

Variation

Dieses Gericht lässt sich auch gut mit anderen Fleischsorten zubereiten, wie z.B. Lamm, Hähnchen oder Pute. Anstelle der Ananas können auch andere eingelegte Früchte, z.B. Pfirsiche oder Aprikosen, verwendet werden.

Zubereitung

Die Hähnchenbrust mit Salz und Pfeffer würzen. In einer Pfanne Butter schmelzen, die Frühlingszwiebel darin glasig dünsten, dann das Fleisch hineingeben und goldbraun braten. Die Brühe hineingießen, abdecken und 15 Minuten lang köcheln lassen bis die Hähnchenbrust durch, aber noch saftig ist. Dann das Fleisch herausnehmen, auf einen Teller legen und warm stellen. Die Crème fraîche in die Pfanne geben und verrühren. Die Soße weiter köcheln lassen bis sie ca. auf die Hälfte reduziert ist.

Den Estragon sowie den Sekt oder Weißwein in die Soße rühren und unter gelegentlichem Rühren weitere 15 Minuten köcheln lassen. Dann kalte Butter einrühren und die Soße über das Hähnchen gießen. Mit frischen Kräutern garniert servieren.

Zutaten

1 Hähnchenbrust (ohne Haut und Knochen)
Salz und frisch gemahlener schwarzer Pfeffer
1 TL Butter
1 Frühlingszwiebel, fein gehackt
1/2 Tasse Hühnerbrühe
5 EL Crème fraîche
1 EL frischer Estragon, gehackt
1/2 Tasse Sekt oder Weißwein
1 EL kalte Butter
frische Kräuter zum Garnieren

Estragon-Hähnchen

Serviervorschlag

Sautierte Champignons und Brokkoliröschen als Beilage dazu reichen.

Variation

Dieses Gericht lässt sich auch mit Putenfleisch sehr gut zubereiten.

Zubereitung

In einer Pfanne das Öl erhitzen und darin die Putenbruststreifen ca. 3 Minuten lang anbraten. Dann Paprika, Knoblauch und Frühlingszwiebeln hineingeben und weitere 3 Minuten lang braten. Schließlich den Orangensaft hineingießen und mit Curry würzen.

Das Ganze ca. 5 Minuten köcheln lassen und falls nötig noch mit Salz, Pfeffer oder Currypulver abschmecken.

Putencurry mit Frühlingszwiebeln

Zutaten

2 TL Olivenöl
120 g Putenbrust, in Streifen geschnitten
1 kleine gelbe Paprika, von den Kernen befreit und in Streifen geschnitten
1 Knoblauchzehe, fein gehackt
4 Frühlingszwiebeln, gehackt
3 EL Orangensaft
Currypulver
Salz und Pfeffer

Serviervorschlag

Als Beilage passt Reis sehr gut dazu. Hierfür den Reis wie auf der Packung angegeben gar kochen, falls nötig Wasser abgießen, dann etwas frischen gehackten Koriander oder Petersilie untermengen.

Variation

Zucchini oder Pilze anstelle der Frühlingszwiebeln sind auch sehr gut geeignet für dieses Gericht.

Zubereitung

Die Haut der Tomaten an einer Stelle kreuzweise einschneiden und mit kochendem Wasser übergießen. Dann unter laufendem kalten Wasser abschrecken, die Haut abpellen und entsorgen.

Die Tomaten halbieren, mit einem Löffel die Samen herauskratzen und diese ebenfalls entsorgen. Das Fruchtfleisch in Streifen schneiden und beiseite stellen.

Die Eier in eine Schüssel geben und mit 2 EL Wasser, 1 TL gehacktem Basilikum, Salz und Pfeffer schaumig schlagen. In einer Pfanne das Öl erhitzen und die Eier hineingießen. Etwa 1 Minute auf der einen Seite anbraten, dann wenden und die Tomaten darauf geben. So braten bis die Tomaten warm sind, dabei darauf achten, dass die Unterseite nicht verbrennt. Vor dem Servieren mit dem restlichen Basilikum bestreuen.

Omelett mit frischen Tomaten

Zutaten

2 Tomaten
2 Eier
2 TL frisches Basilikum, gehackt
Salz und frisch gemahlener schwarzer Pfeffer
1 EL Olivenöl

Variation

Um zusätzlich Würze ans Omelett zu geben, kann eine gepresste Knoblauchzehe zu den Eier gegeben werden. Die Tomaten können durch Pilze ersetzt werden.

Serviervorschlag

Zu diesem Omelett passt gut ein frisches Bauernbrot mit Butter bestrichen und ein grüner Salat.

Zubereitung

Die Kartoffeln in schmale Streifen schneiden und in eine Schüssel geben. Die Orangenschale darüber verteilen und gut untermengen.

Die Orange und Ananas in Stücke schneiden.

Eine Backform buttern und in abwechselnden Schichten Kartoffeln, Orange, Ananas und Mandarinen hineingeben.

Den Mandarinensaft und 1 EL Butter in einem kleinen Topf erhitzen bis die Butter geschmolzen ist. Salz hinzugeben und das Ganze über dem Kartoffel-Frucht-Gemisch verteilen. Dann die Backform in den vorgeheizten Ofen geben und ca. 15 Minuten bei 200 °C backen. Sofort servieren.

Exotischer Kartoffelauflauf

Zutaten

250 g Kartoffeln, gekocht und geschält
fein geriebene Schale von 1 Orange
1/2 Orange, geschält
1/2 kleine frische Ananas, geschält
Butter
80 g Mandarinen aus der Dose
3 EL Mandarinensaft
Salz

Serviervorschlag

Als Beilage frisch gekochtes Gemüse aus Karotten oder Brokkoli dazureichen.

Variation

Anstatt der Ananas kann auch eine Mango hinzugegeben werden. Die Orange kann z.B. durch eine Grapefruit ersetzt werden.

Zubereitung

Die Aubergine in dicke Scheiben schneiden, diese mit Salz bestreuen und 20 Minuten stehen lassen. Anschließend die Auberginen trocken tupfen und in ca. 2 cm große Stücke schneiden.

In einer Pfanne Öl erhitzen und darin Zwiebel, Paprika und Sellerie etwa 5 Minuten lang anschwitzen. Die Aubergine hinzugeben und für weitere 5 Minuten unter gelegentlichem Rühren braten.

Währenddessen die Tomaten gut abtropfen lassen und das Innere entfernen. Dann klein schneiden und zusammen mit dem Rotweinessig, Zucker, Knoblauch, Salz und Pfeffer in die Pfanne geben. Abdecken und nochmals 5 Minuten köcheln lassen, dabei gelegentlich umrühren.

Die Oliven vierteln und zusammen mit den Kapern zum Gemüse geben. 15 Minuten köcheln lassen bis der Großteil der Flüssigkeit verdampft ist.

Gemüse-Oliven-Kasserolle

Zutaten

1/2 Aubergine
Salz
5 TL Olivenöl
1 kleine Zwiebel, klein geschnitten
1 kleine rote Paprika, von den Kernen befreit und klein geschnitten
1/2 Stangensellerie, in Stücke geschnitten
3 Tomaten aus der Dose, abgetropft
1 TL Rotweinessig
1/4 TL Zucker
1 kleine Knoblauchzehe, gepresst
Salz und frisch gemahlener schwarzer Pfeffer
4 schwarze Oliven, entkernt
1 TL Kapern, abgetropft

Tipp

Das Salzen der Aubergine bewirkt, dass diese besonders zart wird und jeglicher bitterer Geschmack entfernt wird.

Zubereitung

Das Ei pellen und mit einem Messer 4-mal der Länge nach einschneiden ohne das Ei zu zerteilen.

Bei mittlerer Hitze das Öl in einer beschichteten Pfanne erhitzen und darin die Kartoffeln ca. 10 Minuten anbraten bis sie von allen Seiten gebräunt sind.

Dann die Kartoffeln herausnehmen, das Öl bleibt in der Pfanne, Kartoffeln beiseite stellen und die Pfanne vom Herd nehmen.

Den Chili-Kurkuma-Mix in das verbliebene Öl einrühren. Die Pfanne wieder auf den Herd stellen, das Ei hineingeben und braten bis es gut gebräunt ist. Anschließend ebenfalls herausnehmen und beiseite stellen.

Nun Zwiebel, Ingwer, Zimt, Kardamom, Nelke und die Chilischote 6–7 Minuten anbraten bis die Zwiebeln leicht gebräunt sind. Die Hälfte der Tomaten hinzugeben und 2–3 Minuten erhitzen, dann Koriander, Fenchel, Chilipulver und nochmals etwas Kurkuma hineingeben. 3–4 Minuten lang warm werden lassen bevor die restlichen Tomaten dazu kommen. Das Ganze 5 Minuten unter gelegentlichem Rühren köcheln lassen.

Die Kartoffeln zusammen mit 1/4 Tasse Wasser hineingeben, salzen, etwas einkochen lassen, dann das Ei ebenfalls in die Pfanne geben und ohne Deckel 5–6 Minuten köcheln lassen. Zuletzt den frischen Koriander unterrühren und servieren.

Zutaten

1 hart gekochtes Ei
1 EL Öl
4 kleine Kartoffeln, geschält und geviertelt
1 Prise Chilipulver und Kurkuma, vermischt
1 kleine Zwiebel, fein gehackt
1 TL Ingwer, geschält und gerieben
1/2 Zimtstange
1 Prise Kardamom
1 Nelke
1/2 frische grüne Chilischote, gehackt
50 g Dosentomaten, klein geschnitten
1/4 TL gemahlener Koriander
1/4 TL gemahlener Fenchel
1 Prise Chilipulver (optional)
Salz
1 TL frischer Koriander, gehackt

Orientalische Kartoffeln mit Ei

Serviervorschlag
Zusammen mit Naanbrot servieren.

Variation
Statt der Kartoffeln eignen sich auch Süßkartoffeln gut für dieses Gericht. Die Dosentomaten können auch durch 4 EL passierte Tomaten ersetzt werden. Anstelle mit gemahlenem Koriander kann mit Kreuzkümmel gewürzt werden.

Vegetarisch

Zubereitung

Den Reis und die Linsen gründlich unter kaltem Wasser waschen und gut abtropfen lassen. Dann in eine Schüssel geben und mit 1 Tasse warmen Wasser bedecken. 30 Minuten lang stehen lassen, dann das Wasser in eine andere Schüssel abgießen und den Reis mit den Linsen abtropfen lassen.

Die Butter in einem Topf erhitzen und darin die Zwiebel 2–3 Minuten lang anschwitzen.

Ingwer, Knoblauch, Zimt, Nelken und Lorbeerblatt zu der Zwiebel geben und 1 Minute erhitzen. Dann den Reis und die Linsen zusammen mit dem Koriander, Kurkuma, Salz und der längs halbierten Chilischote ebenfalls in den Topf geben und unter Rühren 2–3 Minuten lang anschwitzen. Mit dem aufgefangenen Wasser aufgießen und zum Kochen bringen. Die Hitze reduzieren, den Topf abdecken und 8–10 Minuten lang köcheln lassen bis das Wasser komplett vom Reis und den Linsen aufgenommen wurde.

Die Chili herausnehmen und entsorgen, dann servieren.

Indisches Reisgericht mit Linsen

Zutaten

50 g Basmatireis
50 g rote Linsen
2 EL Butter
1 kleine Zwiebel, gehackt
1/2 TL frischer Ingwer, gerieben
1/2 TL Knoblauch, gepresst
1 kleines Stück Zimtstange
2 Nelken
1 Lorbeerblatt
1/4 TL gemahlener Koriander
1 Prise Kurkuma
1 Prise Meersalz
1 kleine grüne Chili

Serviervorschlag

Mit einem grünen Salat und frischem getoasteten Brot servieren.

Variation

Anstelle der roten Linsen eignen sich auch grüne oder braune Linsen für dieses Gericht. Die Zwiebel kann durch 2 Frühlingszwiebeln ersetzt werden.

Zubereitung

Die Bohnen in einen Topf geben, mit kochendem Wasser übergießen und mindestens 2 Stunden einweichen lassen. Abgießen und wieder mit Wasser auffüllen, sodass die Bohnen bedeckt sind. Auf den Herd stellen und köcheln bis die Bohnen gar und weich sind.

In einem anderen Topf oder einer tiefen beschichteten Pfanne die Butter erhitzen. Zwiebel und Paprika hineingeben und ca. 5 Minuten anschwitzen. Dann die gekochten Bohnen und den Mais hinzugeben und erhitzen.

Vor dem Servieren das Joghurt unterrühren und alles kurz stehen lassen, damit das Joghurt etwas warm werden kann.

Bohnen-Mais-Gemüse

Zutaten

100 g Limabohnen
1 EL Butter
1 kleine Zwiebel, gehackt
1 kleine grüne Paprika, von den Kernen befreit und gehackt
100 g Maiskörner aus der Dose
1 EL Naturjoghurt

Serviervorschlag

Als Beilage einen gemischten Tomaten-Paprikasalat reichen.

Variation

Anstelle von Mais können auch Erbsen verwendet werden. Die Paprika kann durch Pilze ersetzt werden.

Zubereitung

In einem Topf die Butter erhitzen, den Reis und die Zwiebel hineingeben und 2–3 Minuten lang anschwitzen. Nach und nach mit der Brühe aufgießen, dabei immer warten bis die Flüssigkeit aufgesogen ist bevor nochmals aufgegossen wird. So verfahren bis der Reis gar ist.

Dann die Walnüsse und den Spinat unterrühren und ca. 5 Minuten lang erhitzen. Mit Salz und Pfeffer abschmecken und vor dem Servieren den Käse untermengen. Mit Tomatenvierteln garnieren.

Spinatrisotto

Zutaten

1 EL Butter
90 g brauner Reis
1 kleine Zwiebel, fein geschnitten
1 Tasse heiße Gemüsebrühe
15 g Walnüsse, grob gehackt
50 g frischen oder gefrorenen Blattspinat, klein geschnitten
Meersalz und frisch gemahlener schwarzer Pfeffer
2 EL geriebener Parmesan
1 Tomate, geviertelt, zum Garnieren

Serviervorschlag

Knoblauchbrot und ein gemischter Salat eignen sich gut als Beilagen für das Risotto.

Variation

Anstelle der Walnüsse können auch Haselnüsse oder Mandeln verwendet werden.

Zubereitung

Tomaten und Mozzarella in Scheiben schneiden, dann abwechselnd mit dem Basilikum auf einem Teller anrichten. Mit Salz und Pfeffer würzen, dann Olivenöl und Balsamico-Essig darüber träufeln.

Mit Ciabatta oder Weißbrot servieren.

Tomaten-Mozzarella-Platte mit Basilikum

Zutaten

3 Tomaten
1 Mozzarella
1 Handvoll Basilikumblätter
kalt gepresstes Olivenöl
Balsamico-Essig
Salz und frisch gemahlener schwarzer Pfeffer

Zubereitung

In einem kleinen Topf die Butter schmelzen, dann Weintrauben, Zitronensaft und Zucker hineingeben und unter gelegentlichem Rühren 2–3 Minuten erhitzen. Den Likör hineingießen und unterrühren. Kalt oder heiß servieren.

Traubenkompott

Zutaten

1 EL Butter
130 g grüne Weintrauben, kernlos
Saft von 1/2 Zitrone
1–2 TL Zucker
1 Schuss Fruchtlikör, z.B. Pfirsich oder Mirabelle

Serviervorschlag

Zum Traubenkompott passt sehr gut Zitroneneis, aber auch Joghurt- oder Vanilleeis.

Variation

Als Abwechslung können die grünen Trauben auch durch rote Weintrauben, Erdbeeren oder Brombeeren ersetzt werden.

Zubereitung

Die Milch in einem Topf zum Kochen bringen, dann bei schwacher Hitze köcheln lassen bis sich die Flüssigkeit etwas reduziert hat. Die Karotten hineingeben und bei mittlerer Hitze etwa 15 Minuten köcheln lassen. Dann die Sahne, Zucker und Sultaninen einrühren, den Topf abdecken und weitere 5 Minuten köcheln lassen. Den Topf vom Herd nehmen, Kardamom und Vanillearoma einrühren.

In eine kleine Schüssel oder einen tiefen Teller geben und die Nüsse darüber streuen. Vor dem Servieren abkühlen lassen.

Karottella

Zutaten

1 1/4 Tassen Milch
100 g Karotten, geschält und fein gerieben
1/4 Tasse Sahne
30 g Zucker
15 g Sultaninen
1 Prise Kardamom
1 Schuss Vanillearoma
10 g abgezogene Mandeln, gehackt
10 g Pistazien, gehackt

Serviervorschlag

Als Garnitur einen Klecks Joghurt oder Crème fraîche darauf geben.

Variation

Anstatt des Vanillearomas kann auch Mandelaroma oder Rosenwasser verwendet werden. Zum Bestreuen eignen sich auch gehackte Haselnüsse sehr gut.

Desserts

Zubereitung

Die Birne im Ganzen schälen, unten etwas abschneiden, damit sie aufrecht stehen bleibt, und in eine Schüssel oder einen Becher stellen. In einem Topf genug Wasser zum Kochen bringen um die Birne damit zu bedecken. Den Ahornsirup hineingeben und auflösen lassen, dann kochend über die Birne gießen, sodass diese komplett bedeckt ist. Zum Abkühlen beiseite stellen.

Wenn die Birne kalt ist, aus dem Wasser nehmen und sorgfältig trocken tupfen. Auf ein Plastikbrett oder einen Teller stellen.

Die Kuvertüre in Stücke schneiden, in eine Schüssel oder große Tasse geben und diese im Wasserbad erhitzen. Von Zeit zu Zeit umrühren. Wenn die Schokolade komplett geschmolzen ist, die Birne damit übergießen. Die noch weiche Kuvertüre mit Kokosraspeln bestreuen, anschließend die Birne für 2–3 Stunden in den Kühlschrank stellen.

Schoko-Birne

Zutaten

1 reife Birne
1 TL Ahornsirup
1 Riegel dunkle Kuvertüre
1–2 EL Kokosflocken

Tipp

Als kleines Extra die Kokosflocken rösten.

Serviervorschlag

Mit geschlagener Sahne oder griechischem Joghurt servieren.

Variation

Auch andere Fruchtsorten, z.B. Pfirsiche oder Nektarinen, eignen sich gut für dieses Dessert. Der Ahornsirup kann durch Honig ersetzt werden.

Zubereitung

Von den Erdbeeren die Stiele und Ansätze entfernen und die größeren Früchte halbieren. In eine Schüssel geben.

Den Pfirsich in kochendem Wasser blanchieren, schälen und den Kern entfernen. Das Fruchtfleisch in Stücke schneiden und zu den Erdbeeren geben. Die Weintrauben halbieren und ebenfalls in die Schüssel geben.

Etwas Zucker über den Früchten verteilen, dann mit Sekt oder perlendem Weißwein aufgießen. Gut vermengen und etwa 1 Stunde lang marinieren lassen.

Mit Minzeblättern garniert servieren.

Zutaten

100 g Erdbeeren
1 reifer Pfirsich
100 g grüne Weintrauben, kernlos
Zucker, Menge je nach Geschmack
1 Glas süßer Sekt oder perlender Weißwein
frische Minzeblätter zum Garnieren

Fruchtsalat mit Sekt

Serviervorschlag
Mit einem Klecks Mascarpone und Amaretti servieren.

Variation
Der Fruchtsalat lässt sich gut mit vielen anderen Fruchtsorten, z.B. Himbeeren, Brombeeren oder Nektarinen zubereiten. Für eine alkoholfreie Variante den Sekt einfach durch Orangen- oder Apfelsaft ersetzen.

Zubereitung

In einem Topf 7 EL Wasser, Zucker und die vermischten Gewürze verrühren, zum Kochen bringen und 5 Minuten köcheln lassen.

Die Johannisbeeren in eine Schüssel geben und mit dem kochenden Sud übergießen, dann zum Abkühlen beiseite stellen. Wenn die Johannisbeeren kalt sind, Erdbeeren, Himbeeren und Kirschen hinzugeben und vermengen.

Vor dem Servieren mindestens 2 Stunden in den Kühlschrank stellen.

Beerenfruchtsalat mit Kirschen

Zutaten

25 g brauner Zucker
1/4 TL Zimt, Muskatnuss und Piment, miteinander vermischt
50 g rote Johannisbeeren
100 g Erdbeeren
20 g Himbeeren
50 g Kirschen, entkernt

Serviervorschlag

Dieses Gericht passt ganz ausgezeichnet zu Vanilleeis oder Waffeln.

Variation

Anstelle des Piment kann auch etwas geriebener Ingwer verwendet werden. Auch Brombeeren oder Blaubeeren eignen sich gut für dieses Gericht.

Zubereitung

Den Reis mit Milch, Salz und Zitronenschale wie auf der Packung angegeben zubereiten. Wenn der Reis weich ist und die Milch aufgesogen hat, das Vanillearoma und die Butter unterrühren. In einen tiefen Teller oder eine Schüssel geben und mit einem Löffel den Ahornsirup darüber verteilen. Mit gehackten Nüssen bestreuen.

Den Apfel vierteln, das Kerngehäuse entfernen und das Fruchtfleisch in Scheiben schneiden. Mit Zitronensaft beträufeln, damit es nicht braun wird. Auf dem Teller neben dem Reis anrichten, zum Schluss noch mit Zimt bestäuben.

Zutaten

40 g Milchreis
Milch (siehe Mengenangabe auf der Packung)
1 Prise Salz
fein geriebene Schale von 1/4 Zitrone
Vanillearoma
1 TL Butter
1 EL Ahornsirup
2 TL grob gehackte Haselnüsse
1/2 Apfel
Zitronensaft
1 TL Zimt

Reispudding

Serviervorschlag
Der Reis kann heiß oder kalt serviert werden. Je nach Geschmack können statt des Apfels andere Früchte oder gehackte Mandeln mit Rosinen dazugereicht werden.

Variation
Anstelle der Zitronenschale eignen sich auch Limetten- oder Orangenschale. Ebenso kann das Vanillearoma durch Mandelaroma und der Ahornsirup durch Honig ersetzt werden.

Zubereitung

Die Banane schälen und in Scheiben schneiden und mit dem Ingwer, dem Orangensaft und 2 TL Cointreau verrühren. 20 Minuten zum Marinieren beiseite stellen.

Für die Cointreaucreme die Gelatine mit 1 TL kaltem Wasser in eine Schüssel geben und 10 Minuten einweichen lassen.

In einer Schüssel über einem Topf mit kochendem Wasser das Eigelb und den Zucker zusammen mit der heißen Milch und dem Vanillearoma schlagen bis die Mixtur andickt. Die Gelatine hinzugeben und verrühren bis sie sich aufgelöst hat. Dann die Schüssel in kaltes Wasser stellen.

Wenn die Creme steif zu werden beginnt die restlichen 2 TL Cointreau einrühren. Die Creme so lange weiterrühren bis sie dick wird. Das Bananen-Ingwer-Gemisch in ein Cocktailglas oder eine Glasschüssel geben, die Cointreaucreme darauf verteilen. Mit Schokoladenraspeln garniert servieren.

Ingwer-Bananen mit Cointreaucreme

Zutaten

1 Banane
$^1/_2$ TL geriebener Ingwer
1 EL Orangensaft
4 TL Cointreau
4 TL Gelatine (als Pulver)
1 kleine Eigelb
1 TL Zucker
2 EL heiße Milch
2–3 Tropfen Vanillearoma
4 EL Sahne
Schokoladenraspeln zum Garnieren

Serviervorschlag

Mit Löffelbiskuit servieren.

Variation

Dieses Gericht lässt sich auch sehr gut mit anderen frischen Fruchtsorten zubereiten, z.B. Mango, Ananas oder Erdbeeren. Der Cointreau kann durch andere Fruchtliköre oder Amaretto ersetzt werden. Anstatt des Orangensaftes kann auch Apfel- oder Ananassaft verwendet werden.

Desserts

Register